活在珍贵的人间

海子的诗

海子 著

北方联合出版传媒(集团)股份有限公司
万卷出版有限责任公司

ⓒ 海 子 2023

图书在版编目（CIP）数据

活在珍贵的人间：海子的诗 / 海子著. —沈阳：
万卷出版有限责任公司，2023.3
ISBN 978-7-5470-6104-6

Ⅰ.①活… Ⅱ.①海… Ⅲ.①诗集—中国—当代
Ⅳ.①I227

中国版本图书馆CIP数据核字（2022）第191367号

出 品 人：王维良
出版发行：北方联合出版传媒（集团）股份有限公司
　　　　　万卷出版有限责任公司
　　　　　（地址：沈阳市和平区十一纬路29号　邮编：110003）
印 刷 者：辽宁新华印务有限公司
经 销 者：全国新华书店
幅面尺寸：145mm×210mm
字　　数：150千字
印　　张：9
出版时间：2023年3月第1版
印刷时间：2023年3月第1次印刷
责任编辑：张鸿艳
责任校对：张　莹
封面设计：仙　境
版式设计：李红梅
ISBN 978-7-5470-6104-6
定　　价：39.80元
联系电话：024-23284090
传　　真：024-23284448

常年法律顾问：王　伟　版权所有　侵权必究　举报电话：024-23284090
如有印装质量问题，请与印刷厂联系。　　　　　　联系电话：024-31255233

海 子　　　　　（孙理波/摄）

海子躺在地上

天空上

海子的两朵云

说：

你要把事业留给兄弟　留给战友

你要把爱情留给姐妹　留给爱人

你要把孤独留给海子　留给自己

跟我走吧，抛掷头颅，洒尽热血，黎明
新的一天正在来临

——《拂晓》

目　录

第一辑

没有人见到那一次真正美丽的微笑　但我还是举手敲门

第二辑

我走过许多条路　我的袜子里装满了错误

第三辑

冬天的人　像神祇一样走来　因为我在冬天爱上了你

第四辑

从黎明到黄昏　阳光充足　胜过一切过去的诗

第五辑

我不哭泣　也不歌唱　我要用我的翅膀飞回北方

第六辑

夜里　我听见远处天鹅　飞越桥梁的声音

第一辑

没有人见到那一次真正美丽的

微笑　但我还是举手敲门

愿有情人终成眷属
愿麦子和麦子长在一起
愿河流与河流流归一处

东方山脉

三角洲和碎花的笑

一起甩到脑后

一块大陆在愤怒地骚动

北方平原上红高粱

已酿成新生的青春期鲜血

养育火红的山冈成群

像浪

倾斜着地平线和远岸的大陆架

将东方螺的传说雕成圆锥形

这里，道道山梁架住了天空

让大川从胸中涌出

让头顶长满密林和喷火口

为了光明

我生出一对又一对

深黑的眼睛和穴居的人群

用雪水在石壁上画了许多匹野牛

他们赶着羊就出发了

手中的火种发芽

和麦粒一道支起窝棚

后来情歌在平坦的地方

绘出语法规则

绘成村落

敲击着旷野

即使脚下布满深谷

即使洪水淹没了我的兄弟

即使姐妹们的哭泣

升到天上结成一个又一个响雷

即使东方的部落群没有写进书本

因而只在孩子琥珀色眼球里丛生

根连着根

像野草一样布满荒原

即使旗帜迟迟没有

从那方草坪上升起

因而文字仿佛艰涩

历史仿佛漫长

我捞起岛屿

和星星般隐逸的情感

我亲吻着每一座坟头

让它们吐出桑叶

在所有的河岸上排成行

划分着大江流向

划分着领土

我把最东方留给一片高原

留给龙族人

让他们开始治水

让他们射下多余的太阳

让他们插上毛羽

就在那面东亚铜鼓上出发

会有的，会的

会有鹭鸶和青草鱼一样的龙舟

会有创造的季节

请放出鸥群

和关在沼地里的绿植被

把伏向小河的家乡丘陵拉直

列队，由北压向南

由西压向东

把我的岩石和汉子的三角肌

一同描在族徽上吧

把我的松涛连成火把吧

把我的诗篇

在哭泣后反抗的夜里

传往远方吧

让孩子们有一本自己的历史画

让我去拥抱世界

1983

农耕民族

在发蓝的河水里

洗洗双手

洗洗参加过古代战争的双手

围猎已是很遥远的事

不再适合

我的血

把我的宝剑

盔甲

以至王冠

都埋进四周高高的山上

北方马车

在黄土的情意中住了下来

而以后世代相传的土地

正睡在种子袋里

1983

亚洲铜

亚洲铜，亚洲铜

祖父死在这里，父亲死在这里，我也将死在这里

你是唯一的一块埋人的地方

亚洲铜，亚洲铜

爱怀疑和爱飞翔的是鸟，淹没一切的是海水

你的主人却是青草，住在自己细小的腰上，守住野花的手掌

　　和秘密

亚洲铜，亚洲铜

看见了吗？那两只白鸽子，它是屈原遗落在沙滩上的白鞋子

让我们——我们和河流一起，穿上它吧

亚洲铜，亚洲铜

击鼓之后，我们把在黑暗中跳舞的心脏叫作月亮

这月亮主要由你构成

1984.10

中国器乐

锣鼓声

锵锵

音乐的墙壁上所有的影子集合

去寻找一个人

一个善良的主人

锵锵

去寻找中国老百姓

泪水锵锵

中国器乐用泪水寻找中国老百姓

秦腔

今夜的闪电

一条条

跳入我怀中，跳入河中

蛇皮二胡拉起。

南瓜地里沾满红土的

孩子思乳的哭声

夜空漫漫长长

哭吧

鱼含芦苇

爬上岸来准备安慰

但是

哭吧

瞎子阿炳站在泉边说

月亮今夜也哭得厉害

断断续续的口弦声钻入港口的外国船舱

第一水手呆了

第二水手呆了

那些歌曲钉在黄发水手的脑袋上

1984.11

印度之夜

月亮神秘地西渡
恒河，佛洞里摆满了别人的牙齿

星星和菜豆
天地间一串紫色的连线，真正的连线

黑色疯长八丈
大风隐隐

城市，最近才出现的小东西
跟沙漠一样爱吃植物和小鱼

月光下一群群乌鸦
自己以为是黑衣新嫁娘

没有人向她们求婚
只好边叫边梳理头发

睡在仓库的老人

影子在手掌上漫游，影子是劳动

面壁，面壁，出现思想者自己

祈求小麦花永远美丽

1984.11

历史

我们的嘴唇第一次拥有

蓝色的水

盛满陶罐

还有十几只南方的星辰

火种

最初忧伤的别离

岁月呵

你是穿黑色衣服的人

在野地里发现第一枝植物

脚插进土地

再也拔不出

那些寂寞的花朵

是春天遗失的嘴唇

岁月呵，岁月

公元前我们太小

公元后我们又太老

没有人见到那一次真正美丽的微笑

但我还是举手敲门

带来的象形文字

撒落一地

岁月呵

岁月

到家了

我缓缓摘下帽子

靠着爱我的人

合上眼睛

一座古老的铜像坐在墙壁中间

青铜浸透了泪水

岁月呵

1984

坛子

这就是我张开手指所要叙说的事
那洞窟不会在今夜关闭。明天夜晚也不会关闭
额头披满钟声的
土地
一只坛子

我头一次也是最后一次进入这坛子
因为我知道只有一次
脖颈围着野兽的线条
水流拥抱的
坛子
长出朴实的肉体

这就是我所要叙说的事
我对你这黑色盛水的身体并非没有话说
敬意由此开始，接触由此开始
这一只坛子，我的土地之上
从野兽演变而出的

秘密的脚，在我自己尝试的锁链之中

正好我把嘴唇埋在坛子里，河流

糊住四壁，一棵又一棵

栗树像伤疤在周围隐隐出现

而女人似的故乡，双双从水底浮上，询问生育之事

熟了麦子

那一年
兰州一带的新麦
熟了

在水面上
混了三十多年的父亲
回家来

坐着羊皮筏子
回家来了

有人背着粮食
夜里推门进来

油灯下
认清是三叔

老哥俩

一宵无言

只有水烟锅

咕噜咕噜

谁的心思也是

半尺厚的黄土

熟了麦子呀！

1985.1.20

麦地

吃麦子长大的

在月亮下端着大碗

碗内的月亮

和麦子

一直没有声响

和你俩不一样

在歌颂麦地时

我要歌颂月亮

月亮下

连夜种麦的父亲

身上像流动金子

月亮下

有十二只鸟

飞过麦田

有的衔起一颗麦粒

有的则迎风起舞，矢口否认

看麦子时我睡在地里

月亮照我如照一口井

家乡的风

家乡的云

收聚翅膀

睡在我的双肩

麦浪——

天堂的桌子

摆在田野上

一块麦地

收割季节

麦浪和月光

洗着快镰刀

月亮知道我

有时比泥土还要累

而羞涩的情人

眼前晃动着

麦秸

我们是麦地的心上人

收麦这天我和仇人

握手言和

我们一起干完活

合上眼睛，命中注定的一切

此刻我们心满意足地接受

妻子们兴奋地

不停用白围裙

擦手

这时正当月光普照大地。

我们各自领着

尼罗河、巴比伦或黄河

的孩子　在河流两岸

在群蜂飞舞的岛屿或平原

洗了手

准备吃饭

就让我这样把你们包括进来吧

让我这样说

月亮并不忧伤

月亮下

一共有两个人

穷人和富人

纽约和耶路撒冷

还有我

我们三个人

一同梦到了城市外面的麦地

白杨树围住的

健康的麦地

健康的麦子

养我性命的妻子！

1985.6

给托尔斯泰

我想起你如一位俄国农妇暴跳如雷

补一只旧鞋的

手

时时停顿

这手掌混同于

兵士的臭脚、马肉和盐

你的灰色头颅一闪而过

教堂的裸麦中央

北方流注的河流马的脾气暴跳如雷

胸膛上面排排旧俄的栅栏暴跳如雷

低矮的天空、灯火和农妇暴跳如雷

吹灭云朵

吹灭火焰

吹灭灯盏

吹灭一切妓女

和善良女人的

嘴唇

你可以耕地，补补旧鞋

你可以爱他人，读读福音书

我记得陈旧的河谷端坐老人

端坐暴跳如雷的老人

1985.12草稿

1986.12修改

黄金草原

草原上的羊群
在水泊上照亮了自己
像白色温柔的灯
睡在男人怀抱中

而牧羊人来自黄金草原
头颅像一颗树根
把羊抱进谷仓里
然后面对黄金和酒杯
称呼你为女人

女人，我知心的朋友
风吹来风吹去
你如星的名字
或者羊肉的腥

你在山崖下睡眠
七只绵羊七颗星辰
你含在我口中似雪未化
你是天空上的羊群

七月不远

——给青海湖，请熄灭我的爱情

七月不远

性别的诞生不远

爱情不远——马鼻子下

湖泊含盐

因此青海不远

湖畔一捆捆蜂箱

使我显得凄凄迷人：

青草开满鲜花

青海湖上

我的孤独如天堂的马匹

（因此，天堂的马匹不远）

我就是那个情种：诗中吟唱的野花

天堂的马肚子里唯一含毒的野花

（青海湖，请熄灭我的爱情！）

野花青梗不远，医箱内古老姓氏不远
（其他的浪子，治好了疾病
已回原籍，我这就想去见你们）

因此跋山涉水死亡不远
骨骼挂遍我身体
如同蓝色水上的树枝

啊，青海湖，暮色苍茫的水面
一切如在眼前！

只有五月生命的鸟群早已飞去
只有饮我宝石的头一只鸟早已飞去
只剩下青海湖，这宝石的尸体
　　　　　　暮色苍茫的水面

1986

敦煌

敦煌石窟像马肚子下

挂着一只只木桶

乳汁的声音滴破耳朵——

像远方草原上撕破耳朵的人

来到这最后的山谷

他撕破的耳朵上

悬挂着花朵

敦煌是千年以前

起了大火的森林

在陌生的山谷

是最后的桑林——我交换

食盐和粮食的地方

我筑下岩洞，在死亡之前，画上你

最后一个美男子的形象

为了一只母松鼠

为了一只母蜜蜂

为了让她们在春天再次怀孕

1986

喜马拉雅

高原悬在天空

天空向我滚来

我丢失了一切

面前只有大海

我是在我自己的远方

我在故乡的海底——

走过世界最高的地方

喜马拉雅　喜马拉雅

你是谁

饥饿

怀孕

把无尽的

滚过天空的头颅

放回天空

我从大海来到落日的中央

飞遍了天空找不到一块落脚之地

今日有粮食却没有饥饿

今天的粮食飞遍了天空

找不到一只饥饿的腹部

饥饿用粮食喂养

更加饥饿，奄奄一息

草原上的天空不可阻挡

嘴唇和我抱住河水

头颅和他的姐妹

在大河底部通向海洋

割下头颅的身子仍在世上

最高的一座山

仍在向上生长

给安庆

五岁的黎明
五岁的马
你面朝江水
坐下

四处漂泊
向不谙世事的少女
向安庆城中心神不定的姨妹
打听你，谈论你

可能是妹妹
也可能是姐姐
可能是姻缘
也可能是友情

1987

在家乡

鸟　在家乡如一只蓝色的手或者子宫

手和子宫

你从石头死寂中茫然无知地上升

羊群……许多蹄子来了又去　反复灭绝

大地发光……月亮的马　飞到雪山和村庄

女人取了一个生蚕豆花的名字"月亮"

"回想我们高高隆起的乳房

总想砸烂船舱

那船长是否独自一人常把我们回想……"

阴暗的女王就是我永远青春的宝剑

当狮子在教堂下舞蹈

你应呼应！即使我没有声音！你应回答！你应发出声音！

水罐摇摇晃晃走上山巅成长为洞窟和房屋

大鸟食麦一株

祖先们更在劳动中丧生

头盖骨，孤独的星，忧伤的星，明亮的星，我的心，坐在头
　颅上大叫大嚷
我打开龙的第一只骨头，第二只骨头，我将会在第三个耐寒
　的季节里爬
爬进它的身体，我将躲避我自己的追击

在危险的原野上
落下尸体的地方
那就是家乡

我的自由的尸体在山上将我遮盖　放出花朵的
羞涩香味

1987（？）

美丽白杨树

灵魂像山腰或山顶四只恼人的蹄子
移动步履，幻变无常的人类
可还记得白色的杨树　平静而美丽

可还记得　一阵雷声　自远方滚来
高高的天空回荡天堂的声响

幻变无常的人类　可还记得
闪电和雨水中的　白色杨树

在你的河岸上　女人　月亮　马　匆匆而去
四只蹄子在你的河岸上
拥有一间雪中的屋子　婚姻　或一面镜子
这就是大地上你全部的居所

难忘有一日歇脚白杨树下
白色美丽的树！
在黄金和允诺的地上

陪伴花朵和诗歌　静静地开放　安详地死亡

美丽的白杨树　这是一位无名的诗人

使女儿惊讶　而后长成幸福的主妇　不免终老于斯

这是一位无名的诗人使女儿惊讶

美丽的白杨树

这多像弟弟和父亲对她们的忠实

1987.5.7

土地·忧郁·死亡

黄昏，我流着血污的脉管不能使大羊生殖。

黎明，我仿佛从子宫中升起，如剥皮的句子摆上早餐。

夜晚，我从星辰上坠落，使墓地的群马阉割或受孕。

白天，我在河上漂浮的棺材竟拼凑成目前的桥梁或婚娶之船。

我的白骨累累是水面上人类残剩的屋顶。

燕子和猴子坐在我荒野的肚子上饮食男女。

我的心脏中楚国王廷面对北方难民默默无语。

全世界人民如今在战争之前粮草齐备。

最后的晚餐那食物径直通过了我们的少女

她们的伤口　她们颅骨中的缝

最后的晚餐端到我们的面前

一道筵席，受孕于人群：我们自己。

1987.8

日出

——见于一个无比幸福的早晨的日出

在黑暗的尽头

太阳，扶着我站起来

我的身体像一个亲爱的祖国，血液流遍

我是一个完全幸福的人

我再也不会否认

我是一个完全的人我是一个无比幸福的人

我全身的黑暗因太阳升起而解除

我再也不会否认　天堂和国家的壮丽景色

和她的存在……在黑暗的尽头！

1987.8.30醉后早晨

尼采，你使我想起悲伤的热带

别人的诗：金黄的秋收俯伏在希腊的大理石上

一只陶罐上

镌刻一尾鱼

我住在鱼头

你住在鱼尾

我在冰天雪地的酒馆忙于宗教

冻得全身发红

你头发松开，充满情欲和狂暴

悲伤的热带

南方的岛屿

我的梦之蛇

你踏上雇佣军向南进军的大道

走出战俘营代价昂贵

辉煌的十年疯狂之门

一眼望见天堂里诗人歌唱的梨花朵朵

像原始人交换新娘后
堆积在梦中岛屿上的盐

水滴中千万颗乳房
歌唱我的一生
热带是
我的心情

是　国王的女儿
蜥蜴和袋鼠跳跃峡谷的女儿
和我
另一位呢喃而疯狂的诗人
同住在一只壶里

我的心情逼迫群蛇起舞　拥抱死亡的鹰
热带的悲伤少女
季节和岁月的火焰
你们都在十五岁就一命归天

水滴中千万颗乳房
归于虚无的热带
古老猎手萌生困惑
在山顶自缢

1987.11.6夜

重建家园

在水上　放弃智慧
停止仰望长空
为了生存你要流下屈辱的泪水
来浇灌家园

生存无须洞察
大地自己呈现
用幸福也用痛苦
来重建家乡的屋顶

放弃沉思和智慧
如果不能带来麦粒
请对诚实的大地
保持缄默　和你那幽暗的本性

风吹炊烟
果园就在我身旁静静叫喊
"双手劳动
　　慰藉心灵"

1987

黎明和黄昏

——两次嫁妆，两位姐妹

黄昏自我断送

夜色美好

夜色在山上越长越大

马与羊　　钻出石头　　在山上越长越大

白雪飘落　　在这个黄昏

向我隐隐献出

她们自己

我的秘密的女神

我该用怎样的韵律

告诉你，侍奉你

我该用怎样的流血

在山头舔好自己的伤口

瞭望一望无际的大地

以此慰藉

以"遗忘"为伴侣
我将把自己带出那些可以辨认嘴脸的火把之光
从此踏上无可救药的道路

把肉体当作草原上最后的帐篷
那些神秘的编织女人
纺轮被黄昏的天空映得泛红
血液颜色的轮轴　一夜作响

我屈从于她们
死于剑下的晚霞的姐妹
在夜色中起飞
我屈从于黄昏秘密的飞行
肉体回到黑夜的高空

两半血红的月亮抱在一起
迟至今日
我仍难以诉说

那些背叛父母和家园
却热爱生活的人
为什么要和我结伴上路

我的青春　我的几卷革命札记
被道路上的难民镌刻在一只乞讨生活的木碗上
那只碗曾盛过殷红如血的晚霞和往日一切生活

在死到临头
他是否摔碎
还是留传孩子

晚霞燃烧
厄运难逃
我在人生的尽头
抱住一位宝贵的诗人痛哭失声
却永远无法更改自己的命运

我就是那位被人拥抱的诗人
宝贵的诗人
看见晚霞映照草原
内心痛苦甚于别人

人类犹如黄昏和夜晚的灰烬
散布在河畔　忧伤疲倦

人类犹如火种的脚　在大地上行走

晚霞充满大火
和焦味。一望无际
伸展在平原和荒凉的海滩
两半血红的月亮抱在一起
那是诗人孤独的王座

愿有情人终成眷属
愿麦子和麦子长在一起
愿河流与河流流归一处

浩瀚无际的河水顺着夜色流淌
神秘的流浪国王
在夜色中回到故乡

城市破碎
流浪的国王
我为你歌唱

夜色使平原广大　使北方无限　使烈火吹遍
把北方无尽的黄昏抬向滚滚高空
黎明更高　铺在海洋上

1987

星

我死于语言和诉说的旷野
是的，这些我全都听见了。虽然

草原神秘异常
秋天，美丽处女是竖起风暴的花纹

虽说一个断臂的人
不能用手
却可以用牙齿
和嘴唇　打开我的诗集——
那是在大火中
那就是星

是——他是你们的哥哥。
诗人高喊
带火者，上山来！

牵着骆驼

的鬼魂

出现在黄昏

星

我是多么爱你

不爱那些鬼魂

1988.5

在一个阿拉伯沙漠的村镇上

镇子

而今我一无是处

坐在镇子的一头

这是一个不守诺言的时刻

头巾上星光璀璨

阿拉伯沙漠的村镇已是茫茫黄昏

东面一万里是大海

西边一万里是雪山

镇子

三月过去了

四月过去了

上一个秋天的谈话过去了

请在这个日子光临做我的客人

镇子上——天刚蒙蒙亮

草原上——夜的马很大

少言寡语，见一面，短一日

镇子

你坐在

小山坡上

你坐在小山坡上

一个人住在旧粮仓里写诗

又是生日。一匹

多年的

马

飞来了

一匹多年的

旧布包不好伤口

镇子

点亮一根蜡烛
我们死后相聚在湖上
宛如生前。"俄狄普斯——烛光也曾照你杀父
娶母。"
烛火静静叫喊
绿汪汪的水静静叫喊
看见草原和女人的一位盲人
——在烛火静静叫喊

镇子

生日中
你像一位美丽的
女俘虏
坐在故乡的
打麦场上

夜深在村庄摸门
我的什么
遗忘在山上

浪子　你怎么了　你打算用什么办法

将那水中明月

戴在头上

暮色中的马头

斜靠在小镇上

姐妹们早已睡下

打谷场上　空无一人

空无一人

天亮

守夜人

走到神秘的村子

1988.5删

青海湖

这骄傲的酒杯
为谁举起
荒凉的高原

天空上的鸟和盐　为谁举起

波涛从孤独的十指退去
白鸟的岛屿，儿子们围住
在相距遥远的肮脏镇上。

一只骄傲的酒杯
青海的公主　请把我抱在怀中
我多么贫穷，多么荒芜，我多么肮脏
一双雪白的翅膀也只能给我片刻的幸福

我看见你从太阳中飞来
蓝色的公主　青海湖
我孤独的十指化为天空上雪白的鸟

1988.7.25

第二辑

我走过许多条路
我的袜子里装满了错误

我把石头还给石头
让胜利的胜利
今夜青稞只属于她自己
一切都在生长

海上

所有的日子都是海上的日子

穷苦的渔夫

肉疙瘩像一卷笨拙的绳索

在波浪上展开

想抓住远方

闪闪发亮的东西

其实那只是太阳的假笑

他抓住的只是几块会腐烂的木板：

房屋、船和棺材

成群游来鱼的脊背

无始无终

只有关于青春的说法

一触即断

1984.6

我，以及其他的证人

故乡的星和羊群

像一支支白色美丽的流水

跑过

小鹿跑过

夜晚的目光紧紧追着

在空旷的野地上，发现第一枝植物

脚插进土地

再也拔不出

那些寂寞的花朵

是春天遗失的嘴唇

为自己的日子

在自己的脸上留下伤口

因为没有别的一切为我们作证

我和过去

隔着黑色的土地

我和未来

隔着无声的空气

我打算卖掉一切

有人出价就行

除了火种、取火的工具

除了眼睛

被你们打得出血的眼睛

一只眼睛留给纷纷的花朵

一只眼睛永不走出铁铸的城门

　　黑井

1984.6

单翅鸟

单翅鸟为什么要飞呢

为什么

头朝着天地①

躺着许多束朴素的光线

菩提，菩提想起

石头

那么多被天空磨平的面孔

都很陌生

堆积着世界的一半

摸摸周围

你就会拣起一块

砸碎另一块

单翅鸟为什么要飞呢

我为什么

_____

① 原稿如此。

喝下自己的影子

揪着头发作为翅膀

离开

也不知天黑了没有

穿过自己的手掌比穿过别人的墙壁还难

单翅鸟

为什么要飞呢

肥胖的花朵

喷出水

我眯着眼睛离开

居住了很久的心和世界

你们都不醒来

我为什么

为什么要飞呢

1984.9

跳跃者

老鼻子橡树

夹住了我的蓝鞋子

我却是跳跃的

跳过榆钱儿

跳过鹅和麦子

一年跳过

十二间空屋子和一些花穗

从一口空气

跳进另一口空气

我是深刻的生命

我走过许多条路

我的袜子里装满了错误

日记本是红色的

是红色的流浪汉

脖子上写满了遗忘的姓名，跳吧

跳够了我就站住

站在山顶上沉默

沉默是山洞

沉默是山洞里一大桶黄金

沉默是因为爱情

1984.12

自画像

镜子是摆在桌上的
一只碗
我的脸
是碗中的土豆
嘿，从地里长出了
这些温暖的骨头

1984

思念前生

庄子在水中洗手

洗完了手，手掌上一片寂静

庄子在水中洗身

身子是一匹布

那布上沾满了

水面上漂来漂去的声音

庄子想混入

凝望月亮的野兽

骨头一寸一寸

在肚脐上下

像树枝一样长着

也许庄子是我

摸一摸树皮

开始对自己的身子

亲切

亲切又苦恼

月亮触到我

仿佛我是光着身子
光着身子
进出

母亲如门，对我轻轻开着

燕子和蛇（组诗）

1. 离合

美丽在春天
疼成草叶

一种三节的草
爱你成病

美丽在天上
鸟是拖鞋

长草的拖鞋
嘴埋在水里

美丽在水里
鱼是草的棺材

一种草

一种心尖上的草

美丽在草原上
枕着鹿头

2. 三位姑娘

——写给莱蒙托夫不幸的爱情

我看见

莱蒙托夫的旧报纸上

三只燕子

三只肉体的燕子

使我的灯光

受伤

用手指推推

不醒的

你自己

扶着自己

像扶着一匹笨马

用手指推推身边的燕子：我不是

灯，我是火灾

燕子交叉地

穿过

诗人的胳膊

落入家具的间间新房

只当诗人就是笨马

过早地死在□上^①

3. 包谷地

丑女人脊背上有条条花蛇

花蛇滑下，她就坐在那儿繁殖包谷

幸福又痛苦

我要说

没有男人能配得上她

丑女人脊背上有种种命运

---

① 原稿中有脱字。

命运降临，她只坐在那儿繁殖包谷

河水泛滥流过无数美丽的女人

我要说

没有女人能比得上她

4. 母亲的姻缘

一碗泥

一碗水

半截木梳插在地上

母亲的姻缘

真是好姻缘

村庄，村庄

木桶中女婴摇晃

村庄，村庄

母亲的姻缘

真是好姻缘

鱼尾之上

灯盏敲门

一团泥巴走进屋来

母亲的姻缘

真是好姻缘

白鱼流过

桃树树根

嘴唇碰破在桃花上

母亲的姻缘

真是好姻缘

秤杆上天空的星星压住

半两土

半两雪

母亲的姻缘

真是好姻缘

她沉在何方

谁也不清楚

村庄中一枚痛苦的小戒指

母亲的姻缘

真是好姻缘

5. 手

离开劳动

和爱情，我的手

变成自我安慰的狗

这两只狗

一样的

孤独

在我脸上摸索

擦掉泪水

这是不是我的狗

是不是我最后的家乡的狗？

6. 鱼

村民像牛一样撞进屋子，亲他的妻子

又数着

十二粒麦种

内陆深处

我跪在一条鱼身上

整个村庄是我的儿子

再长的爱情也不算久

噢你刚好被我想起

我在鱼身上写下少女的名字

一边询问一边自己回答

女巫的嘴唇一开一合

真诚的爱情

真诚的爱情错误百出

整个村庄是你的儿子

河流噢河

再美的爱情也不像花朵

人类的泪水养家糊口

人类的泪水中

鱼群像草一样生长

泪水噢河

整个村庄是我们的儿子

村民像牛一样撞进屋子，亲他的妻子

我请求：雨

我请求熄灭

生铁的光、爱人的光和阳光

我请求下雨

我请求

在夜里死去

我请求在早上

你碰见

埋我的人

岁月的尘埃无边

秋天

我请求：

下一场雨

洗清我的骨头

我的眼睛合上

我请求：

雨

雨是一生过错

雨是悲欢离合

1985.3

夜月

一扇又一扇门

推开树林

太阳把血

放入灯盏

河静静卧在

人的村庄

人居住的地方

人的门环上

鸟巢挂在

离人间八尺

的树上

我仿佛离人间二丈

一切都原模原样

一切都存入

人的

世世代代的脸，一切不幸

我仿佛
一口祖先们
向后代挖掘的井
一切不幸都源于，我幽深的水

1985.6.19

在昌平的孤独

孤独是一只鱼筐
是鱼筐中的泉水
放在泉水中

孤独是泉水中睡着的鹿王
梦见的猎鹿人
就是那用鱼筐提水的人

以及其他的孤独
是柏木之舟中的两个儿子
和所有女儿，围着诗经桑麻沅湘木叶
在爱情中失败
他们是鱼筐中的火苗
沉到水底

拉到岸上还是一只鱼筐
孤独不可言说

1986

梭罗这人有脑子（组诗）

1.

梭罗这人有脑子
像鱼有水、鸟有翅
云彩有天空

2.

好在这人不是女性
否则会有一对
洁白的冬熊
摇摇晃晃上路
靠近他乳房
凑上嘴唇

3.

梭罗这人有脑子
梭罗手头没有别的

抓住了一根棒木

那木棍揍了我

狠狠揍了我

像春天揍了我

4.

梭罗这人有脑子

看见湖泊就高兴

5.

梭罗这人有脑子

用鸟巢做邮筒

两封信同时飞到

还生下许多小信

羽毛翩跹

6.

梭罗这人有脑子

不言不语让东窗天亮西窗天黑

其实他哪有窗子

梭罗这人有脑子

不言不语又做男人又做女人

其实生下的儿子还是他自己

7.

灯火的屋中

梭罗的盔

—— 一卷荷马

这人有脑子

以雪代马

渡我过水

8.

梭罗这人有脑子

月亮照着他的鼻子

9.

那个抒情的鼻子

靠近他的脑子

靠近他深如树林的眼睛

靠近他饮水的唇

　　（愿饮得更深）

构成脑袋

或者叫头

10.

白天和黑夜

像一白一黑

两只寂静的猫

睡在你肩头

你倒在林间路途上

让床在木屋中生病

梭罗这人有脑子

让野花结成果子

11.

梭罗这人有脑子

像鱼有水、鸟有翅
云彩有天空

梭罗这人就是
我的云彩，四方邻国
的云彩，安静
在豆田之西
我的草帽上

12.

太阳，我种的
豆子，凑上嘴唇
我放水过河

梭罗这人有脑子

梭罗的盔
—— 一卷荷马

1986.8.15

自杀者之歌

伏在下午的水中

窗帘一掀一掀

一两根树枝伸过来

肉体，水面的宝石

是对半分裂的瓶子

瓶里的水不能分裂

伏在一具斧子上

像伏在一具琴上

还有绳索

盘在床底下

林间的太阳砍断你

像砍断南风

你把枪打开，独自走回故乡

像一只鸽子

倒在猩红的篮子上

海子小夜曲

以前的夜里我们静静地坐着

我们双膝如木

我们支起了耳朵

我们听得见平原上的水和诗歌

这是我们自己的平原，夜晚和诗歌

如今只剩下我一个

只有我一个双膝如木

只有我一个支起了耳朵

只有我一个听得见平原上的水

　　诗歌中的水

在这个下雨的夜晚

如今只剩下我一个

为你写着诗歌

这是我们共同的平原和水

这是我们共同的夜晚和诗歌

是谁这么说过　海水

要走了　要到处看看

我们曾在这儿坐过

1986.8

给 B 的生日 ①

天亮我梦见你的生日
好像羊羔滚向东方
——那太阳升起的地方

黄昏我梦见我的死亡
好像羊羔滚向西方
——那太阳落下的地方

秋天来到，一切难忘
好像两只羊羔在途中相遇
在运送太阳的途中相遇
碰碰鼻子和嘴唇
——那友爱的地方
那秋风吹凉的地方
那片我曾经吻过的地方

1986.9.10

———————————
① B 为海子的初恋女友。

诗集

诗集
珠宝的粪筐

母牛的眼睛把她的手搁在诗集上
忧伤的灯把她的手搁在诗集上

没有一棵树是我的
感觉之树因而叫唤

诗集，穷人的丁当作响的村庄
第一台酒柜抬入村庄

诗集，我嘴唇吹响的村庄
王的嘴唇做成的村庄

1986.12

雨鞋

我的双脚在你之中

就像火走在柴中

雨鞋和羊和书一起塞进我的柜子

我自己被塞进相框，挂在故乡

那黏土和石头的房子，房子里用木生火

潮湿的木条上冒着烟

我把撕碎的诗稿和被雨打湿

改变了字迹的潮湿的书信

卷起来，这些灰色的信

我没有再读一遍

普希金将她们和拖鞋一起投进壁炉

我则把这些温暖的灰烬

把这些信塞进一双小雨鞋

让她们沉睡千年

梦见洪水和大雨

1987.1.12达县

水抱屈原

举着火把、捕捉落入
水的人

水抱屈原：如夜深打门的火把倒向怀中
水中之墓呼唤鱼群

我要离开一只平静的水罐
骄傲者的水罐——
宝剑埋在牛车的下边

水抱屈原：一双眼睛如火光照亮
水面上千年羊群
我在这时听见了世界上美丽如画

水抱屈原是我
如此尸骨难收

十四行：王冠

我所热爱的少女

河流的少女

头发变成了树叶

两臂变成了树干

你既然不能做我的妻子

你一定要成为我的王冠

我将和人间的伟大诗人一同佩戴

用你美丽叶子缠绕我的竖琴和箭袋

秋天的屋顶　　时间的重量

秋天又苦又香

使石头开花　　像一顶王冠

秋天的屋顶又苦又香

空中弥漫着一顶王冠

被劈开的月桂和扁桃的苦香

1987.8.19夜

祖国（或以梦为马）

我要做远方的忠诚的儿子

和物质的短暂情人

和所有以梦为马的诗人一样

我不得不和烈士和小丑走在同一道路上

万人都要将火熄灭　我一人独将此火高高举起

此火为大　开花落英于神圣的祖国

和所有以梦为马的诗人一样

我藉此火得度一生的茫茫黑夜

此火为大　祖国的语言和乱石投筑的梁山城寨

以梦为上的敦煌——那七月也会寒冷的骨骼

如雪白的柴和坚硬的条条白雪　横放在众神之山

和所有以梦为马的诗人一样

我投入此火　这三者是囚禁我的灯盏　吐出光辉

万人都要从我刀口走过　去建筑祖国的语言

我甘愿一切从头开始

和所有以梦为马的诗人一样

我也愿将牢底坐穿

众神创造物中只有我最易朽　带着不可抗拒的死亡的速度

只有粮食是我珍爱　我将她紧紧抱住　抱住她　在故乡生儿

　育女

和所有以梦为马的诗人一样

我也愿将自己埋葬在四周高高的山上　守望平静家园

面对大河我无限惭愧

我年华虚度　空有一身疲倦

和所有以梦为马的诗人一样

岁月易逝　一滴不剩　水滴中有一匹马儿一命归天

千年后如若我再生于祖国的河岸

千年后我再次拥有中国的稻田　和周天子的雪山

　天马踢踏

和所有以梦为马的诗人一样

我选择永恒的事业

我的事业　就是要成为太阳的一生

他从古至今——"日"——他无比辉煌无比光明

和所有以梦为马的诗人一样

最后我被黄昏的众神抬入不朽的太阳

太阳是我的名字

太阳是我的一生

太阳的山顶埋葬　诗歌的尸体——千年王国和我

骑着五千年凤凰和名字叫"马"的龙——我必将失败

但诗歌本身以太阳必将胜利①

1987

---

① 此处"以"，即"以太阳的名义"。原稿如此。

夜色

在夜色中

我有三次受难：流浪、爱情、生存

我有三种幸福：诗歌、王位、太阳

1988.2.28夜

跳伞塔

我在一个北方的寂寞的上午
一个北方的上午
思念着一个人

我是一些诗歌草稿
你是一首诗

我想抱着满山火红的杜鹃花
走入静静的跳伞塔

我清楚地意识到
前面就是一条大河
和一个广大的北方草原

美丽总是使我沉醉

已经有人
开始照耀我
在那偏僻拥挤的小月台上
你像星星照耀我的路程

在这座山上

为什么我只看见这么一棵
美丽的杜鹃？

我只看见这么一棵
果然火红而美丽

我在这个夜晚
我住在山腰
房子里
我的前面充满了泉水
或溪涧之水的声音

静静的跳伞塔
心醉的屋子　你打开门
让我永远在这幸福的门中

北方　那片起伏的山峰
远远的
只有九棵树

1988.4.23

太阳和野花

——给AP

太阳是他自己的头

野花是她自己的诗

我对你说

你的母亲不像我的母亲

在月光照耀下

你的母亲是樱桃

我的母亲是血泪

我对天空说

月亮，她是你篮子里纯洁的露水

太阳，我是你场院上发疯的钢铁

太阳是他自己的头

野花是她自己的诗

在一株老榆树的底下

平原上

流过我的骨头

在猎人夫妻的眼中　在山地

那自由的尸首

淌向何方

两位母亲在不同的地方梦着我

两位女儿在不同的地方变成了母亲

当田野还有百合，天空还有鸟群

当你还有一张大弓、满袋好箭

该忘记的早就忘记

该留下的永远留下

太阳是他自己的头

野花是她自己的诗

总是有寂寞的日子
总是有痛苦的日子
总是有孤独的日子
总是有幸福的日子
然后再度孤独

是谁这么告诉过你：
答应我
忍住你的痛苦
不发一言
穿过这整座城市
远远地走来
去看看他　去看看海子
他可能更加痛苦
他在写一首孤独而绝望的诗歌
　　死亡的诗歌

他写道：
平原上
流过我的骨头
当高原的人　在榆树底下休息

当猎人和众神

或起或坐，时而相视，时而相忘

当牛羊和牛羊在草上

看见一座悬崖上

牧羊人堕下，额角流血

再也救不活他了——

他写道：

平原上

流过我的骨头

这时，你要

去看看他

答应我

忍住你的痛苦

不发一言

穿过这整座城市

那个牧羊人

也许会被你救活

你们还可以成亲

在一对大红蜡烛下

这时他就变成了我

我会在我自己的胸脯找到一切幸福

红色荷包、羊角、蜂巢、嘴唇

和一对白色羊儿般的乳房

我会给你念诗：

太阳是他自己的头

野花是她自己的诗

到那时　到那一夜

也可以换句话说：

太阳是野花的头

野花是太阳的诗

他们只有一颗心

他们只有一颗心

1988.5.16夜

删86年以来许多旧诗稿而得

日记

姐姐，今夜我在德令哈，夜色笼罩
姐姐，我今夜只有戈壁

草原尽头我两手空空
悲痛时握不住一颗泪滴
姐姐，今夜我在德令哈
这是雨水中一座荒凉的城

除了那些路过的和居住的
德令哈……今夜
这是唯一的，最后的，抒情。
这是唯一的，最后的，草原。

我把石头还给石头
让胜利的胜利
今夜青稞只属于她自己
一切都在生长

今夜我只有美丽的戈壁　空空

姐姐，今夜我不关心人类，我只想你

1988.7.25火车经德令哈

遥远的路程

十四行献给89年初的雪

我的灯和酒坛上落满灰尘

而遥远的路程上却干干净净

我站在元月七日的大雪中，还是四年以前的我

我站在这里，落满了灰尘，四年多像一天，没有变动

大雪使屋子内部更暗，待到明日天晴

阳光下的大雪刺痛人的眼睛，这是雪地，使人羞愧

一双寂寞的黑眼睛多想大雪一直下到他内部

雪地上树是黑暗的，黑暗得像平常天空飞过的鸟群

那时候你是愉快的，忧伤的，混沌的

大雪今日为我而下，映照我的肮脏

我就是一把空空的铁锹

铁锹空得连灰尘也没有

大雪一直纷纷扬扬

远方就是这样的，就是我站立的地方

1989.1.7

春天，十个海子

春天，十个海子全部复活

在光明的景色中

嘲笑这一个野蛮而悲伤的海子

你这么长久地沉睡究竟为了什么？

春天，十个海子低低地怒吼

围着你和我跳舞，唱歌

扯乱你的黑头发，骑上你飞奔而去，尘土飞扬

你被劈开的疼痛在大地弥漫

在春天，野蛮而悲伤的海子

就剩下这一个，最后一个

这是一个黑夜的孩子，沉浸于冬天，倾心死亡

不能自拔，热爱着空虚而寒冷的乡村

那里的谷物高高堆起，遮住了窗户

他们把一半用于一家六口人的嘴，吃和胃

一半用于农业，他们自己的繁殖

大风从东刮到西，从北刮到南，无视黑夜和黎明

你所说的曙光究竟是什么意思

1989.3.14凌晨3点～4点

第三辑

冬天的人　像神祇一样走来
因为我在冬天爱上了你

我愿意　愿意像一座宝塔
在夜里悄悄建成
晨光中她突然发现我
她眺起眼睛　她看得我浑身美丽

新娘

故乡的小木屋、筷子、一缸清水
和以后许许多多日子
许许多多告别
被你照耀

今天
我什么也不说
让别人去说
让遥远的江上船夫去说
有一盏灯
是河流幽幽的眼睛
闪亮着
这盏灯今天睡在我的屋子里

过完了这个月，我们打开门
一些花开在高高的树上
一些果结在深深的地下

1984.7

爱情故事

两个陌生人
朝你的城市走来

今天夜晚
语言秘密前进
直到完全沉默

完全沉默的是土地
传出民歌沥沥
淋湿了
此心长得郁郁葱葱

两个猎人
向这座城市走来
向王后走来
身后哒姆哒姆
迎亲的鼓
代表无数的栖息与抚摸

两个陌生人

从不说话

向你的城市走来

是我的两只眼睛

1984.12

女孩子

她走来

断断续续地走来

洁净的脚印

沾满清凉的露水

她有些忧郁

望望用泥草筑起的房屋

望望父亲

她用双手分开黑发

一枝野樱花斜插着默默无语

另一枝送给了谁

却从没人问起

春天是风

秋天是月亮

在我感觉到时

她已去了另一个地方

那里雨后的篱笆像一条蓝色的

小溪

海上婚礼

海湾

蓝色的手掌

睡满了沉船和岛屿

一对对桅杆

在风上相爱

或者分开

风吹起你的

头发

一张棕色的小网

撒满我的面颊

我一生也不想挣脱

或者如传说那样

我们就是最早的

两个人

住在遥远的阿拉伯山崖后面

苹果园里

蛇和阳光同时落入美丽的小河

你来了

一只绿色的月亮

掉进我年轻的船舱

主人

你在渔市上
寻找下弦月
我在月光下
经过小河流

你在婚礼上
使用红筷子
我在向阳坡
栽下两行竹

你的夜晚
主人美丽
我的白天
客人笨拙

1985.1

中午

中午是一丛美丽的树枝

中午是一丛眼睛画成的树枝

看着你

看着你从门前走过

或是走进我的门

走进门

你在

你在一生的情义中

来到

落下布帆

仿佛水面上我握住你的手指

（手指

是船）

心上人

爱着，第一次
都很累，船
泊在整个清澈的中午

"你喝水吧
我给你倒了
一碗水"

写字间里
中午是一丛眼睛画成的
看着你

1985.1.26半夜

你的手

北方
拉着你的手
手
摘下手套
她们就是两盏小灯

我的肩膀
是两座旧房子
容纳了那么多
甚至容纳过夜晚
你的手
在他上面
把他们照亮

于是有了别后的早上
在晨光中
我端起一碗粥
想起隔山隔水的

北方

有两盏灯

只能远远地抚摸

1985.2

北方门前

北方门前
一个小女人
在摇铃

我愿意
愿意像一座宝塔
在夜里悄悄建成

晨光中她突然发现我
她眺起眼睛
她看得我浑身美丽

1985.2

房屋

你在早上
碰落的第一滴露水
肯定和你的爱人有关
你在中午饮马
在一枝青丫下稍立片刻
也和她有关
你在暮色中
坐在屋子里，不动
还是与她有关

你不要不承认

巨日消隐，泥沙相合，狂风奔起
那雨天雨地哭得有情有意
而爱情房屋温情地坐着
遮蔽母亲也遮蔽儿子

遮蔽你也遮蔽我

1985

早祷与枭（组诗）

1.

早祷时刻

请你接住我，枭

用胸脯接住我

你要忍痛带走我

　　我是赠给你的爱情

　　我是赠给你的子弹

2.

钟声，钟声响了

眼睛全部打开

我变成一只船

死在沙漠的枭

其实也足以死在

二十丈桅杆上

一匹意外的骆驼带水而来

3.

哭声从船的那一头传到

这一头

装满了新娘

她们搓手而坐

焦黄的脸

留下居住的只有瞳仁

放光的瞳仁

河岸上

几个小偷走过来

几个小偷是树

月亮被枭泪洗过又洗

4.

岁月吹落了四季之帽

——坪下

淡色的花朵盛开

只为小痛小苦

在土地上

傻张着嘴

他不言又不语

枭，枭又不能怎样？

"呀，谁愿意与我

一前一后走过沼泽

派一个人先死

另一位完成埋葬的义务"

5.

在这个时刻

永远分别是唯一的理由

6.

死后

风抬着你

火速前进

十指

在风中

张开如枭住的小巢

死后
几只枭
分吃了你
小南风细细如笛地吹在下午
所有的小蜻蜓
都找不到你的坟墓

7.

太阳太远了
否则我要埋在那里

8.

早祷，早祷三遍
黎明是一条亮丽之虹
吃下了无数灯
他变得更加明亮
他一头一尾
沉落在四方
沉落在你的肩膀上
你揉揉眼睛

一只小枭
爬出窗户
获得天空

9.

早祷，早祷四遍
要想着爱情的黄昏、黄昏
牧羊人的绝壁上
太阳
一葬就是千里

枭，飞过来，飞过来
这时辰已属于你
结巢，结缘
已黑的天空坐满了头顶
多少次
人间的寻找
其实是防止丢失

10.

杂乱之翅尚未长成
也好

我苦坐苦等

我的身体是一家院子

你进入时不必声张

11.

早祷时刻

七个未婚的老头

躺在床上

眉毛挂霜地

梦到了枭

1985.4

失恋之夜①

我轻轻走过去关上窗户

我的手扶着自己　像清风扶着空空的杯子

我摸黑坐下　询问自己

杯中幸福的阳光如今何在？

我脱下破旧的袜子

想一想明天的天气

我的名字躺在我身边

像我重逢的朋友

我从没有像今夜这样珍惜自己

1985；1986

---

① 本诗为《九盏灯》组诗之一。

半截的诗

你是我的

半截的诗

半截用心爱着

半截用肉体埋着

你是我的

半截的诗

不许别人更改一个字

爱情诗集

坐在烛台上

我是一只花圈

想着另一只花圈

不知道何时献上

不知道怎样安放

幸福（或我的女儿叫波兰）①

当我俩同在草原晒黑

是否饮下这最初的幸福　最初的吻

当云朵清楚极了

听得见你我嘴唇

这两朵神秘火焰

这是我母亲给我的嘴唇

这是你母亲给你的嘴唇

我们合着眼睛共同啜饮

像万里洁白的羊群共同啜饮

当我睁开双眼

你头发散乱

乳房像黎明的两只月亮

---

① 海子喜欢"波兰"一词，"女儿叫波兰"并无特别所指。

在有太阳的弯曲的木头上

晾干你美如黑夜的头发

1986（？）

八月尾

即使我是一个粗枝大叶的人
我也看见了红豹子、绿豹子

当流水淙淙
八月的泉水
穿越了山冈
月亮是红豹子
树林是绿豹子
少女是你们俩
生下的花豹子
即使我是一个粗枝大叶的人
少女，树林中
你也藏不住了

八月尾，树林绿，月亮红
不久我将看到树叶落了
栗树底下
脊背上挂着鹌鹑的人

少女，无论如何

粗枝大叶的人

看见你啦

1986.8.20夜

葡萄园之西的话语

也好

我感到

我被抬向一面贫穷而圣洁的雪地

我被种下，被一双双劳动的大手

仔仔细细地种下

于是，我感到所罗门的帐幔被一阵南风掀开

所罗门的诗歌

一卷卷

滚下山腰

如同泉水

打在我脊背上

涧中黑而秀美的脸儿

在我的心中埋下。也好

我感到我被抬向一面贫穷而圣洁的雪地

你这女子中极美丽的，你是我的棺材，我是你的棺材

1986.8.25

给你（组诗）

1.

在赤裸的高高的草原上

我相信这一切：

我的脚，一颗牝马的心

两道犁沟，大麦和露水

在那高高的草原上，白云浮动

我相信天才，耐心和长寿

我相信有人正慢慢地艰难地爱上我

别的人不会，除非是你

我俩一见钟情

在那高高的草原上

赤裸的草原上

我相信这一切

我相信我俩一见钟情

2.

我爱你
跑了很远的路
马睡在草上
月亮照着他的鼻子

3.

爱你的时刻
住在旧粮仓里
写诗在黄昏

我曾和你在一起
在黄昏中坐过
在黄色麦田的黄昏
在春天的黄昏
我该对你说些什么

黄昏是我的家乡
你是家乡静静生长的姑娘
你是在静静的情义中生长
没有一点声响
你一直走到我心上

4.

当她在北方草原摘花的时候
我的双手驶过南方水草
用十指拨开
寂寞的家门

她家木门下几个姐妹的脸
亲人的脸
像南方的雨
真正的雨水
落在我头上

5.

冬天的人
像神祇一样走来
因为我在冬天爱上了你

1986.8

谣曲（四首）

之一

你是我的哥哥你招一招手
你不是我的哥哥你走你的路

小灯，小灯，抬起他埋下的眼睛

你的树丛大而黑
你的辕马不安宁
你的嘴唇有野蜜
你是丈夫——还是兄弟

小灯，小灯，抬起他埋下的眼睛

你是我的哥哥你招一招手
你不是我的哥哥你走你的路

之二

白鸽，白鸽
扎好我的头巾
风吹着你们的身子
像吹我白色头巾

白鸽白鸽你别说
美丽的脑袋小太阳
到了黑夜变月亮
白鸽白鸽你别说

之三

南风吹木
吹出花果
我要亲你
花果咬破

之四

月亮月亮慢慢亮
照着一只木头床
河流河流快快流
渡过我的心头肉

白马过河一片白
黑马过河一片黑
这一条河流
总是心头的河流

白马过河是月圆
黑马过河是月残
这一只月亮
总是床头的月亮

1986.8

灯诗

灯，从门窗向外生活

灯啊是我内心的春天向外生活

黑暗的蜜之女王

向外生活，"有这样一只美丽的手向外生活"

火种蔓延的灯啊

是我内心的春天一人放火

没有火光，没有火光烧坏家乡的门窗

春天也向外生长

度过炎炎大火的一颗火

却被秋天遍地丢弃

让白雪走在酒上享受生活

你是灯

是我胸脯上的黑夜之蜜

灯，怀抱着黑夜之心

烧坏我从前的生活和诗歌

灯，一手放火，一手享受生活

茫茫长夜从四方围拢

如一场黑色的大火

春天也向外生长

还给我自由，还给我黑暗的蜜、空虚的蜜

孤独一人的蜜

我宁愿在明媚的春光中默默死去

"有这样一只美丽的手在酒上生活"

要让白雪走在酒上享受生活

1987（？）

献诗

——给S

谁在美丽的早晨
谁在这一首诗中

谁在美丽的火中　飞行
并对我有无限的赠予

谁在炊烟散尽的村庄
谁在晴朗的高空

天上的白云
是谁的伴侣

谁身体黑如夜晚　两翼雪白
在思念　在鸣叫

谁在美丽的早晨
谁在这一首诗中

1987.2.11

十四行：玫瑰花

玫瑰花　蜜一样的身体

玫瑰花园　黑夜一样的头发

覆盖了白雪隆起的乳房

白雪的门　白雪的门外被白雪盖住的两只酒盅

白雪的窗户　白雪的窗内两只火红的玫瑰谷

或两只火红的蜡烛……热情的蜡烛自行燃尽

两只丁当作响的酒盅……热情的酒浆被我啜饮

在秋天我感到了　你的乳房　你的蜜

像夏天的火　春天的风　落在我怀里

像太阳的蜂群落入黑夜的酒浆

像波斯古国的玫瑰花园　使人魂归天堂

肉体却必须永远活在设拉子①

——千年如斯

玫瑰花　你蜜一样的身体

1987.8

---

① 设拉子，一译舍拉子，波斯（今伊朗）地名。

142

山楂树

今夜我不会遇见你

今夜我遇见了世上的一切

但不会遇见你

一棵夏季最后

火红的山楂树

像一辆高大女神的自行车

像一个女孩　畏惧群山

呆呆站在门口

她不会向我

跑来！

我走过黄昏

像风吹向远处的平原

我将在暮色中抱住一棵孤独的树干

山楂树！一闪而过　啊！山楂

我要在你火红的乳房下坐到天亮。

又小又美丽的山楂的乳房

在高大女神的自行车上

在农奴的手上

在夜晚就要熄灭

1988.6.8～10

无名的野花

看不见你，十六岁的你
看不见无名的，芳香的
正在开花的你。

看不见提着鞋子　在雨中
走在大草原上的
恍惚的女神

看不见你，小小的年纪
一身红色地走在
空荡荡的风中

来到我身边，
你已经成熟，
你的头发垂下像黑夜。
我是黑夜中孤独的僧侣
埋下种籽在石窟中，
我将这九盏灯

嵌入我的肋骨。

无论是白色的还是绿色的
起自天堂或地府的
青海湖上的大风
吹开了紫色血液
开上我的头颅，
我何时成了这一朵
无名的野花？

1988.11.2

遥远的路程

雨水中出现了平原上的麦子

这些雨水中的景色有些陌生

天已黑了，下着雨

我坐在水上给你写信

1989.1.22

折梅

站在那里折梅花

山坡上的梅花

寂静的太平洋上一封信

寂静的太平洋上一人站在那里折梅花

折梅人在天上

天堂大雪纷纷　一人踏雪无痕

天堂和寂静的天山一样

大雪纷纷

站在那里折梅

亚洲，上帝的伞

上帝的斗篷，太平洋

太平洋上海水茫茫

上帝带给我一封信

是她写给我的信

我坐在茫茫太平洋上折梅，写信

1989.2.3

148

第四辑

从黎明到黄昏　阳光充足
胜过一切过去的诗

活在这珍贵的人间
泥土高溅　扑打面颊
活在这珍贵的人间
人类和植物一样幸福
爱情和雨水一样幸福

春天的夜晚和早晨

夜里

我把古老的根

背到地里去

青蛙绿色的小腿月亮绿色的眼窝

还有一枚绿色的子弹壳，绿色的

在我脊背上

纷纷开花

早晨

我回到村里

轻轻敲门

一只饮水的蜜蜂

落在我的脖子上

她想

我可能是一口高出地面的水井

妈妈打开门

隔着水井

看见一排湿漉漉的树林

对着原野和她

整齐地跪下

妈妈——他们嚷着——

妈妈

1984.10

秋天

秋天红色的膝盖

跪在地上

小花死在回家的路上

泪水打湿

鸽子的后脑勺

一位少年去摘苹果树上的灯

植物没有眼睛

挂着冬天的身份牌

一条干涸的河

是动物的最后情感

一位少年人去摘苹果树上的灯[①]

我的眼睛

---

① 本行"少年人"，原稿如此。

黑玻璃，白玻璃

证明不了什么

秋天一定在努力地忘记着

嘴唇吹灭很少的云朵

一位少年去摘苹果树上的灯

1984.11

活在珍贵的人间

活在这珍贵的人间
太阳强烈
水波温柔
一层层白云覆盖着
我
踩在青草上
感到自己是彻底干净的黑土块

活在这珍贵的人间
泥土高溅
扑打面颊
活在这珍贵的人间
人类和植物一样幸福
爱情和雨水一样幸福

1985.1.12

夏天的太阳

夏天
如果这条街没有鞋匠

我就打赤脚
站到太阳下看太阳

我想到在白天出生的孩子
一定是出于故意

你来人间一趟
你要看看太阳

和你的心上人
一起走在街上

了解她
也要了解太阳

（一组健康的工人

正午抽着纸烟）

夏天的太阳

太阳

当年基督入世

也在这阳光下长大

1985.1

为了美丽

为了美丽

我砸了一个坑

也是为了下雨

清亮的积水上

高一只

低一只

小雨儿如鸟

羽毛湿湿

掀动你的红头巾

都是为了美丽

提着裤带的小男孩

那时刻

戴一只黑帽子

1985.1

船尾之梦

上游祖先吹灯后死去
只留下
河水
有一根桨
像黄狗守在我的船尾

船尾
月亮升了，升过婴儿头顶
做梦人
脚趾一动不动
踩出没人看见的足迹

做梦人脊背冒汗

而婴儿睡在母亲怀里
睡在一只大鞋里
我的鞋子更大
我睡在船尾

月亮升了

月亮打树，无风自动
生物潜入河流或身体
梦见人类，无风自动

1985.7.12

给母亲（组诗）

1.风

风很美　果实也美

小小的风很美

自然界的乳房也美

水很美　水啊

无人和你

说话的时刻很美

你家中破旧的门

遮住的贫穷很美

风　吹遍草原

马的骨头　绿了

2.泉水

泉水　泉水

生物的嘴唇

蓝色的母亲

用肉体

用野花的琴

盖住岩石

盖住骨头和酒杯

3.云

母亲

老了，垂下白发

母亲你去休息吧

山坡上伏着安静的儿子

就像山腰安静的水

流着天空

我歌唱云朵

雨水的姐妹

美丽的求婚

我知道自己颂扬情侣的诗歌没有了用场

我歌唱云朵

我知道自己终究会幸福

和一切圣洁的人

相聚在天堂

4.雪

妈妈又坐在家乡的矮凳子上想我

那一只凳子仿佛是我积雪的屋顶

妈妈的屋顶

明天早上

霞光万道

我要看到你

妈妈，妈妈

你面朝谷仓

脚踩黄昏

我知道你日见衰老

5.语言和井

语言的本身

像母亲

总有话说，在河畔

在经验之河的两岸

在现象之河的两岸

花朵像柔美的妻子

倾听的耳朵和诗歌

长满一地

倾听受难的水

水落在远方

1984；1985改；1986再改

村庄

村庄，在五谷丰盛的村庄，我安顿下来
我顺手摸到的东西越少越好！
珍惜黄昏的村庄，珍惜雨水的村庄
万里无云如同我永恒的悲伤

1986

春天（断片）

0.

一匹跛了多年的

红色小马

躺在我的小篮子里

故乡晴空万里

故乡白云片片

故乡水声汩汩

我的红色小马躺在小篮子里

就像我手心的红果实

听不见窗户下面

生锈的声音

就像一把温暖的果实

1.

我的头随草起伏

如同纸糊的歪灯

我的胳膊是

一条运猫的小船

停在河岸

一条草

看见走过来的

干净的身子

不多

2.

远方寂寞的母亲

也只有依靠我这

负伤的身体。母亲

望着猎户消匿的北方

刮断梅花

窗户长久地存满冰块

村子中间

淘井的门前

说话的依旧在轻声说话

树林中孤独的父亲

正对我的弟弟细细讲清:

你去学医

因为你哥哥

那位受伤的猎户

星星在他脸上

映出船样的伤疤

3.

两个温暖的水勺子中

住着一对旧情人

4.

突然想起旧砖头很暖和

想起河里的石子

磨过森林的古鹿之唇

想起青草上花朵如此美丽如此平庸

背对着短树枝

你只有泪水没有言语

而我

手缠树叶

春天的阳光晒到马尾

马的屁股温暖得像一块天上落下的石头

5.

春天是农具所有者的春天

长花短草
贴河而立

这些都是在诗人的葬礼上
隔水梦见一扇门

诗人家中的丑丫头
嫁在南山上

6.

最后的夜雪如孩
手指拨开水
我就在这片乌黑的屋顶上坐下
是不是这片村庄
是不是这个夜晚
有人在头顶扔下
一匹蓝色大马
就把我埋在
这匹蓝色大马里

7.

有伤的季节
拖着尾巴
来到

大家来到
我肉体的外面

1986

果园

鹿的眼

两扇有婴儿啼哭

的窗户。沉积在

有河水的果园中

鹿的角

打下果实

打下果实中

劳动的妇人

体内美如白雪的婴儿

已被果园的火光

烧伤。妇人依然

低坐

比果树

比鹿

比夜晚

更低。更沉

比谷地更黑

感动

早晨是一只花鹿

踩到我额上

世界多么好

山洞里的野花

顺着我的身子

一直烧到天亮

一直烧到洞外

世界多么好

而夜晚，那只花鹿

的主人，早已走入

土地深处，背靠树根

在转移一些

你根本无法看见的幸福

野花从地下

一直烧到地面

野花烧到你脸上

把你烧伤

世界多么好

早晨是山洞中

一只踩人的花鹿

1986

九首诗的村庄

秋夜美丽

使我旧情难忘

我坐在微温的地上

陪伴粮食和水

九首过去的旧诗

像九座美丽的秋天下的村庄

使我旧情难忘

大地在耕种

一语不发，住在家乡

像水滴、丰收或失败

住在我心上

1987

两座村庄

和平与情欲的村庄

诗的村庄

村庄母亲昙花一现

村庄母亲美丽绝伦

五月的麦地上　天鹅的村庄

沉默孤独的村庄

一个在前一个在后

这就是普希金和我　诞生的地方

风吹在村庄

风吹在海子的村庄

风吹在村庄的风上

有一阵新鲜有一阵久远

北方星光照映南国星座

村庄母亲怀中的普希金和我

闺女和鱼群的诗人　安睡在雨滴中

是雨滴就会死亡！

夜里风大　听风吹在村庄
村庄静坐　像黑漆漆的财宝
两座村庄隔河而睡
海子的村庄睡得更沉

1987.2草稿
1987.5改

病少女

白蛾子像美丽
黄昏的伤口
在诗人的眼里想起黄昏

听见村庄在外被风吹拂

当你一家三口走下月台
我端坐车中
如月球居民

病少女　无遮拦的盐碱地上的风
吹在你脸上

病少女　清澈如草
眉目清朗，使人一见难忘
听见了美丽村庄被风吹拂

我爱你的生病的女儿，陌生的父亲

1987.2

长发飞舞的姑娘（五月之歌）

玫瑰谢了，玫瑰谢了

如早嫁的姐妹飘落，飘落四方

我红色的姐姐，我白色的妹妹

大地和水挽留了她们　熄灭了她们

她们黯然熄灭，永远沉默却是为何？

姐妹们，你们能否告诉我

你们永久的沉默是为了什么

长发飞舞的黑眼睛姑娘

不像我的姐姐　也不像妹妹

不似早嫁的姐妹迟迟不归

如今我坐在街镇的一角

为你歌唱，远离了五谷丰盛的村庄

1987.5

北方的树林

槐树在山脚开花
我们一路走来
躺在山坡上　感受茫茫黄昏
远山像幻觉　默默停留一会

摘下槐花
槐花在手中放出香味
香味　来自大地无尽的忧伤
大地孑然一身　至今仍孑然一身

这是一个北方暮春的黄昏
白杨萧萧　草木葱茏
淡红色云朵在最后静止不动
看见了饱含香脂的松树

是啊，山上只有槐树　杨树和松树
我们坐下　感受茫茫黄昏
莫非这就是你我的黄昏
麦田吹来微风　顷刻沉入黑暗

1987.5

月光

今夜美丽的月光　你看多好！
照着月光
饮水和盐的马
和声音

今夜美丽的月光　你看多美丽
羊群中　生命和死亡宁静的声音
我在倾听！

这是一只大地和水的歌谣，月光！

不要说　你是灯中之灯　月光！

不要说心中有一个地方
那是我一直不敢梦见的地方
不要问　桃子对桃花的珍藏
不要问　打麦大地　处女　桂花和村镇
今夜美丽的月光　你看多好！

不要说死亡的烛光何须倾倒

生命依然生长在忧愁的河水上

月光照着月光　月光普照

今夜美丽的月光合在一起流淌

1986.7初稿

1987.5改

野花

野花

和平与情歌

的村庄

女儿的女儿

野花

中国丁香的少女！

在林中酣睡

长发似水

容貌美丽无比

你是囚禁在一颗褐色星球上孤独的情人！

野兽的琴

各色小鸟秘密的隐衷

大地彩色的屋顶

太小太美

如心

心啊

雨和幸福

的女儿

水滴爱你

伴侣爱你

我爱你

野花自己也爱你

1987.10

幸福的一日

——致秋天的花楸树

我无限地热爱着新的一日

今天的太阳　今天的马　今天的花楸树

使我健康　富足　拥有一生

从黎明到黄昏

阳光充足

胜过一切过去的诗

幸福找到我

幸福说："瞧　这个诗人

他比我本人还要幸福"

在劈开了我的秋天

在劈开了我的骨头的秋天

我爱你，花楸树

1987

秋

秋天深了，神的家中鹰在集合

神的故乡鹰在言语

秋天深了，王在写诗

在这个世界上秋天深了

该得到的尚未得到

该丧失的早已丧失

1987

野鸽子

当我面朝火光
野鸽子　在我家门前的细树上
吐出黑色的阴影的火焰

野鸽子
——这黑色的诗歌标题　我的懊悔
和一位隐身女诗人的姓名

这究竟是山喜鹊之巢还是野鸽子之巢
在夜色和奥秘中
野鸽子　打开你的翅膀
飞往何方？　在永久之中

你将飞往何方？！

野鸽子是我的姓名
黑夜颜色的奥秘之鸟
我们相逢于一场大火

1988.2

面朝大海，春暖花开

从明天起，做一个幸福的人

喂马，劈柴，周游世界

从明天起，关心粮食和蔬菜

我有一所房子，面朝大海，春暖花开

从明天起，和每一个亲人通信

告诉他们我的幸福

那幸福的闪电告诉我的

我将告诉每一个人

给每一条河每一座山取一个温暖的名字

陌生人，我也为你祝福

愿你有一个灿烂的前程

愿你有情人终成眷属

愿你在尘世获得幸福

我只愿面朝大海，春暖花开

1989.1.13

四姐妹

荒凉的山冈上站四姐妹

所有的风只向她们吹

所有的日子都为她们破碎

空气中的一棵麦子

高举到我的头顶

我身在这荒芜的山冈

怀念我空空的房间，落满灰尘

我爱过的这糊涂的四姐妹啊

光芒四射的四姐妹

夜里我头枕卷册和神州

想起蓝色远方的四姐妹

我爱过的这糊涂的四姐妹啊

像爱着我亲手写下的四首诗

我的美丽的结伴而行的四姐妹

比命运女神还要多出一个

赶着美丽苍白的奶牛　走向月亮形的山峰

到了二月，你是从哪里来的

天上滚过春天的雷，你是从哪里来的

不和陌生人一起来

不和运货马车一起来

不和鸟群一起来

四姐妹抱着这一棵

一棵空气中的麦子

抱着昨天的大雪，今天的雨水

明日的粮食与灰烬

这是绝望的麦子

请告诉四姐妹：这是绝望的麦子

永远是这样

风后面是风

天空上面是天空

道路前面还是道路

1989.2.23

拂晓

苍茫的拂晓，黎明

穿上你好久没穿的旧裙子，跟我走

夜的女儿，朝霞的姐妹，黎明

穿过这些山峰，坐落

在这些粗笨的远方和近处

穿过大地的头颅

和河畔这些无人问津的稀疏的荒草

跟我走吧，黎明

你是太阳之火顶端

青色的烟飘渺不定

你就是深夜里刚刚消失又骤然升起的歌声

你穿着一件昨夜弄脏的衣裙走向今天

你嘴里叼着光芒和刀子，披散下的头发遮住

　　眼睛、乳房和面容

提着包袱，度过肮脏的日子，跟我走吧

这鲜血的包袱一路喧闹

一路喧闹，不得安宁

带上你褐色的地母的乳房跟我走吧

哪怕包袱里只有地瓜，乳房里只有水土

悄悄沿着这原始的大地走去

肮脏的大河在尽头猛然将我们推向海洋

苍茫的拂晓，原始的女人

原始的日子中原始的母亲

陌生的妻子披着鱼皮

在海上遨游着产籽的女儿

敲打着船壳　海洋的埋葬

　　太平洋上没有一口钟和一棵梅树

　　没有一枝梅花在太平洋上开放

　　只有镇子中央

　　废弃不用的土和石头

　　堆成的荒凉山坡

跟我走吧，黎明

所有的你都是同一个你

　　我难以分辨

　　谁是你　谁是真正的你

　　谁又再一次是你

绝望的只是你

永不离开的你

不在天地间消失

所有的你都默默包扎着死去的你

年老丑陋的女王，这黑夜内部无穷无尽的母亲女王

我早就说过，断头流血的是太阳

所有的你都默默流向同一个方向

断头台是山脉全部的地方

跟我走吧，抛掷头颅，洒尽热血，黎明

新的一天正在来临

1989.2.24

春天

春天的时刻上登天空
舔着十指上的鲜血
春天空空荡荡
培养欲望　鼓吹死亡

风是这样大
尘土这样强暴
再也不愿从事埋葬
多少头颅破土而出

春天，残酷的春天
每一只手，每一位神
都鲜血淋淋
撕裂了大地胸膛

太阳啊
你那愚蠢的儿子呢
他去了何方

天空如此辽阔

烧死在悲痛的表面
大海啊
这阳光闪烁
的悲痛表面

秋天的儿子
他去了何方
千秋万代中那唯一的儿子
去了何方？

女儿内心充满仇恨和寒冷
想念你，爱着你，但看不见你
她没有你就像天空没有边缘
天空空空荡荡，一派生机
我们无可奈何
我们无法活在悲痛的中心

天空上的光明

你照亮我们

给我们温暖的生命

但我们不是为你而活着

我们活着只为了自我

也只有短暂的一个春天的早晨

愿你将我宽恕

愿你在这原始的中心安宁而幸福地居住

你坐在太阳中央把斧子越磨越亮，放着光明

愿你在一个宁静的早晨将我宽恕

将我收起在一个光明的中心

愿我在这个宁静的早晨随你而去

忘却所有的诗歌

我会在中心安宁地居住，就像你一样

把他的斧子越磨越亮，吃，劳动，舞蹈

沉浸于太阳的光明

在羊群踩出的道上是羊群的灵魂蜂拥而过

在豹子踩出的道上是豹子的灵魂蜂拥而过

哪儿有我们人类的通道

有着锐利感觉的斧子

像光芒　在我胸口

越磨越亮

太阳的波浪

隐隐作痛

我进入太阳

粗糙而光明

那前一个夜晚

人类携带妻子

疯狂奔跑四散

这是春天

这是最后的春天

他们去了何方？

天空辽阔

低垂黄昏

人类破碎

我内心混沌一片

我面对着春天

我就是她的鲜血和黑暗

我内心浑浊而宁静

我在这里粗糙而光明

大地啊

你过去埋葬了我

今天又使我复活

和春天一起

沉默在我内部

天空之火在我内部

吹向旷野

旷野自己照亮

在最后的时刻　海底

在最后的黎明之前　他们去了何方?

1987.7草稿

1988.2二稿

1989.3三稿

第五辑

我不哭泣 也不歌唱
我要用我的翅膀飞回北方

远方只有在死亡中凝聚野花一片
明月如镜高悬草原映照千年岁月
我的琴声呜咽 泪水全无
只身打马过草原

粮食

埋着猎人的山冈
是猎人生前唯一的粮食

粮食
是图画中的妻子

西边山上
九只母狼
东边山上
一轮月亮

反复抱过的妻子是枪
枪是沉睡爱情的村庄

打钟

打钟的声音里皇帝在恋爱

一枝火焰里

皇帝在恋爱

恋爱，印满了红铜兵器的

神秘山谷

又有大鸟扑钟

三丈三尺翅膀

三丈三尺火焰

打钟的声音里皇帝在恋爱

打钟的黄脸汉子

吐了一口鲜血

打钟，打钟

一只神秘生物

头举黄金王冠

走于大野中央

"我是你爱人

　　我是你敌人的女儿

　　我是义军的女首领

　　对着铜镜

　　反复梦见火焰"

　　钟声就是这枝火焰

　　在众人的包围中

　　苦心的皇帝在恋爱

　　1985.5

得不到你

得不到你

我用河水做成的妻子

得不到你

我的有弱点的妇女

得不到你

妻子滑动河水

情意泥沙俱下

其余的家庭成员俯伏在锅勺上

得不到你

有弱点的爱情

我们确实被太阳烤焦，秋天内外

我不能再保护自己

我不能再

让爱情随便受伤

得不到你

但我同时又在秋天成亲

歌声四起

1985.11.11

城里

面对棵棵绿树

坐着

一动不动

汽车声音响起在

脊背上

我这就想把我这

盖满落叶的旧外套

寄给这城里

任何一个人

这城里

有我的一份工资

有我的一份水

这城里

我爱着一个人

我爱着两只手

我爱着十只小鱼

跳进我的头发

我最爱煮熟的麦子

谁在这城里快活地走着

我就爱谁

1985

歌：阳光打在地上

阳光打在地上

并不见得

我的胸口在疼

疼又怎样

阳光打在地上

这地上

有人埋过羊骨

有人运过箱子、陶瓶和宝石

有人见过牧猪人，那是长久的漂流之后

阳光打在地上，阳光依然打在地上

这地上

少女们多得好像

我真有这么多女儿

真的曾经这样幸福

用一根水勺子

用小豆、菠菜、油菜

把她们养大

阳光打在地上

1986

门关户闭

门关户闭
诗歌的乞讨人
一只布口袋
装满女儿的三顿剩饭
坐在树底下
洗着几代人的脏袜子
我就是那女儿
农民的女儿
中国农民的女儿
波兰农民的女儿
洗着几代人的袜子
等着冰融雪化

在所有的人中
只有我粗笨
善良的只有我
熟悉这些身边的木头
瓦片和一代代
诚实的婚姻

1986

给卡夫卡

囚徒核桃的双脚

在冬天放火的囚徒
无疑非常需要温暖
这是亲如母亲的火光
当他被身后的几十根玉米砸倒
在地，这无疑又是
富农的田地

当他想到天空
无疑还是被太阳烧得一干二净
这太阳低下头来，这脚镣明亮
无疑还是自己的双脚，如同核桃
埋在故乡的钢铁里
工程师的钢铁里

1986.6.16

不幸

四月的日子　最好的日子

和十月的日子　最好的日子

比四月更好的日子

像两匹马　拉着一辆车

把我拉向医院的病床

和不幸的病痛

有一座绿色悬崖倒在牧羊人怀中

两匹马

在山上飞

两匹马

白马和红马

积雪和枫叶

犹如姐妹

犹如两种病痛

的鲜花

七月的大海

老乡们，谁能在海上见到你们真是幸福！

我们全都背叛自己的故乡

我们会把幸福当成祖传的职业

放下手中痛苦的诗篇

今天的白浪真大！老乡们，它高过你们的粮仓

如果我中止诉说，如果我意外地忘却了你

把我自己的故乡抛在一边

我连自己都放弃　更不会回到秋收　农民的家中

在七月我总能突然回到荒凉

赶上最后一次

我戴上帽子　穿上泳装　安静地死亡

在七月我总能突然回到荒凉

哭泣

哭泣——一朵乌黑的火焰

我要把你接进我的屋子

屋顶上有两位天使拥抱在一起

哭泣——我是湖面上最后一只天鹅

黑色的天鹅像我黑色的头发在湖水中燃烧

用你这黑色肉体的谷仓带走我

哭泣——一朵乌黑的新娘

我要把你放在我的床上

我的泪水中有对自己的哀伤

1986.12

九月

目击众神死亡的草原上野花一片

远在远方的风比远方更远

我的琴声呜咽　泪水全无

我把这远方的远归还草原

一个叫马头　一个叫马尾

我的琴声呜咽　泪水全无

远方只有在死亡中凝聚野花一片

明月如镜高悬草原映照千年岁月

我的琴声呜咽　泪水全无

只身打马过草原

1986

晨雨时光

小马在草坡上一跳一跳

这青色麦地晚风吹拂

在这个时刻　我没有想到

五盏灯竟会同时亮起

青麦地像马的仪态　随风吹拂

五盏灯竟会一盏一盏地熄灭

往后　雨会下到深夜　下到清晨

天色微明

山梁上定会空无一人

不能携上路程

当众人齐集河畔　高声歌唱生活

我定会孤独返回空无一人的山峦

1987.5.24

为什么你不生活在沙漠上

为什么你不生活在沙漠上
英雄的可怜而可爱的伴侣
我那唯一人在何方？
用酒调着火所能留下的灰　写下几首诗？

我的形象开始上升
主宰着你的心灵！
孤独守候着
一个健康的声音！

绝望之神　你在何方？
为什么你不生活在沙漠上！
我是谁手里磨刀的石块？
我为何要把赤子带进海洋

海子躺在地上
天空上
海子的两朵云

说：

你要把事业留给兄弟　留给战友
你要把爱情留给姐妹　留给爱人
你要把孤独留给海子　留给自己

1987.5.27夜书

石头的病（或八七年）

石头的病　疯狂的病

不可治疗的病

不会被理会的病

被大理石同伙

视为疾病的石头

可制造石斧

以及贫穷诗人的屋顶

让他不再漂泊　四海为家

让他在此处安家落户

此处我就是那颗生病的石头的心

让他住在你的屋顶下

听见生病的石头屋顶上

鸟鸣清晨如幸福一生

石头的病　疯狂的病

石头打开自己的门户　长出房子和诗人

看见美丽的你

石头竞相生病

我身上一块又一块

全部生病——全变成了柔弱的心

不堪一击

从遍是石头的荒野中长出一位美丽女人

那是石头的疾病——万物的疾病

石头怎么会在荒野的黑暗中胀开

石头也会生病　长出鲜花和酒杯

如果石头健康

如果石头不再生病

他哪会开花

如果我也健康

如果我也不再生病

也就没有命运

1987.10

麦地与诗人

询问

在青麦地上跑着
雪和太阳的光芒

诗人，你无力偿还
麦地和光芒的情义

一种愿望
一种善良
你无力偿还

你无力偿还
一颗放射光芒的星辰
在你头顶寂寞燃烧

答复

麦地

别人看见你

觉得你温暖，美丽

我则站在你痛苦质问的中心

　　　　被你灼伤

我站在太阳　痛苦的芒上

麦地

神秘的质问者啊

当我痛苦地站在你的面前

你不能说我一无所有

你不能说我两手空空

麦地啊，人类的痛苦

是他放射的诗歌和光芒！

1987

大风

起风的黄昏好像去年秋天
树木损伤的香味弥漫四周

想她头发飘飘
面颊微微发凉
守着她的母亲
抱着她的女儿
坐在盆地中央
坐在她的家中

黄昏幽暗降临
大风刮过天空
万风之王起舞
化为树木受伤

1988.2.4

眺望北方

我在海边为什么却想到了你
不幸而美丽的人　我的命运
想起你　我在岩石上凿出窗户
眺望光明的七星
眺望北方和北方的七位女儿
在七月的大海上闪烁流火

为什么我用斧头饮水　饮血如水
却用火热的嘴唇来眺望
用头颅上鲜红的嘴唇眺望北方
也许是因为双目失明

那么我就是一个盲目的诗人
在七月的最早几天
想起你　我今夜跑尽这空无一人的街道
明天，明天起来后我要重新做人
我要成为宇宙的孩子　世纪的孩子
挥霍我自己的青春

然后放弃爱情的王位

　　去做铁石心肠的船长

走遍一座座喧闹的都市

　　我很难梦见什么

除了那第一个七月，永远的七月

七月是黄金的季节啊

当穷苦的人在渔港里领取工钱

我的七月萦绕着我，像那条爱我的孤单的蛇

——她将在痛楚苦涩的海水里度过一生

1987.7草稿

1988.3改

黑翅膀

今夜在日喀则，上半夜下起了小雨
只有一串北方的星，七位姐妹
紧咬雪白的牙齿，看见了我这一对黑翅膀

北方的七星　照不亮世界
牧女头枕青稞独眠一天的地方今夜满是泥泞
今夜在日喀则，下半夜天空满是星辰

但夜更深就更黑，但毕竟黑不过我的翅膀
今夜在日喀则，借床休息，听见婴儿的哭声
为了什么这个小人儿感到委屈？是不是因为她感到了黑夜中
　的幸福

愿你低声啜泣　但不要彻夜不眠
我今夜难以入睡是因为我这双黑过黑夜的翅膀
我不哭泣　也不歌唱　我要用我的翅膀飞回北方

飞回北方　北方的七星还在北方

只不过在路途上指示了方向，就像一种思念

她长满了我的全身　在烛光下酷似黑色的翅膀

1988.7（？）

西藏

西藏，一块孤独的石头坐满整个天空

没有任何夜晚能使我沉睡

没有任何黎明能使我醒来

一块孤独的石头坐满整个天空

他说：在这一千年里我只热爱我自己

一块孤独的石头坐满整个天空

没有任何泪水使我变成花朵

没有任何国王使我变成王座

1988.8

雪

千辛万苦回到故乡
我的骨骼雪白　也长不出青稞

雪山，我的草原因你的乳房而明亮
冰冷而灿烂

我的病已好
雪的日子　我只想到雪中去死
我的头顶放出光芒！

有时我背靠草原
马头作琴　马尾为弦
戴上喜马拉雅　这烈火的王冠

有时我退回盆地，背靠成都
人们无所事事，我也无所事事，
只有爱情　剑　马的四蹄

割下嘴唇放在火上

大雪飘飘

不见昔日肮脏的山头

都被雪白的乳房拥抱

深夜中　火王子　独自吃着石头　独自饮酒

1988.8

远方

远方除了遥远一无所有

遥远的青稞地
除了青稞　一无所有

更远的地方　更加孤独
远方啊　除了遥远　一无所有

这时　石头
飞到我身边

石头　长出　血
石头　长出　七姐妹

站在一片荒芜的草原上

那时我在远方
那时我自由而贫穷

这些不能触摸的　姐妹

这些不能触摸的　血

这些不能触摸的　远方的幸福

远方的幸福　是多少痛苦

1988.8.19萨迦夜，21拉萨

在大草原上预感到海的降临

我的双手触到草原，
黑色孤独的夜的女儿。

我为我自己铺下干草
夜的女儿，我也为你。

牧羊女打开自己——
一只黑色的羊
蹲伏在你的腹部。

多么温暖的火红的岩石
多么柔软地躺在马车上
月亮形的马，进入了海底。

一夜之间，草原是如此遥远，如此深厚，如此神秘。
海也一样。
一夜之间，
草贴着地长，
你我都是草中的羊。

1988（？）.11.20

最后一夜和第一日的献诗

今夜你的黑头发

是岩石上寂寞的黑夜，

牧羊人用雪白的羊群

填满飞机场周围的黑暗

黑夜比我更早睡去

黑夜是神的伤口

你是我的伤口

羊群和花朵也是岩石的伤口

雪山　用大雪填满飞机场周围的黑暗

雪山女神吃的是野兽穿的是鲜花

今夜　九十九座雪山高出天堂

使我彻夜难眠

1989.1.16草稿

1989.1.24改

黑夜的献诗

献给黑夜的女儿

黑夜从大地上升起

遮住了光明的天空

丰收后荒凉的大地

黑夜从你内部上升

你从远方来，我到远方去

遥远的路程经过这里

天空一无所有

为何给我安慰

丰收之后荒凉的大地

人们取走了一年的收成

取走了粮食骑走了马

留在地里的人，埋得很深

草杈闪闪发亮，稻草堆在火上

稻谷堆在黑暗的谷仓

谷仓中太黑暗，太寂静，太丰收

也太荒凉，我在丰收中看到了阎王的眼睛

黑雨滴一样的鸟群

从黄昏飞入黑夜

黑夜一无所有

为何给我安慰

走在路上

放声歌唱

大风刮过山冈

上面是无边的天空

1989.2.2

黎明（之二）

（二月的雪，二月的雨）

我把天空和大地打扫干干净净
归还给一个陌不相识的人
我寂寞地等，我阴沉地等
二月的雪，二月的雨

泉水白白流淌
花朵为谁开放
永远是这样美丽负伤的麦子
吐着芳香，站在山冈上

荒凉大地承受着荒凉天空的雷霆
圣书上卷是我的翅膀，无比明亮
有时像一个阴沉沉的今天
圣书下卷肮脏而欢乐
当然也是我受伤的翅膀
荒凉大地承受着更加荒凉的天空

我空荡荡的大地和天空
是上卷和下卷合成一本
的圣书，是我重又劈开的肢体
流着雨雪、泪水在二月

1989.2.22

第六辑

夜里 我听见远处天鹅 飞越桥梁的声音

什么季节，你最惆怅
放下了忙乱的箩筐
大地茫茫，河水流淌
是什么人掌灯，把你照亮

阿尔的太阳 ①

——给我的瘦哥哥

"一切我所向着自然创作的，是栗子，从火中取出来的。
啊，那些不信仰太阳的人是背弃了神的人。"②

到南方去

到南方去

你的血液里没有情人和春天

没有月亮

面包甚至都不够

朋友更少

只有一群苦痛的孩子，吞噬一切

瘦哥哥凡·高，凡·高啊

从地下强劲喷出的

火山一样不计后果的

是丝杉和麦田

还是你自己

---

① 阿尔系法国南部一小镇，凡·高在此创作了七八十幅画，这是他的黄金
时期。——海子自注。

② 摘自凡·高致其弟提奥的书信。

喷出多余的活命的时间

其实，你的一只眼睛就可以照亮世界

但你还要使用第三只眼，阿尔的太阳

把星空烧成粗糙的河流

把土地烧得旋转

举起黄色的痉挛的手，向日葵

邀请一切火中取栗的人

不要再画基督的橄榄园

要画就画橄榄收获

画强暴的一团火

代替天上的老爷子

洗净生命

红头发的哥哥，喝完苦艾酒

你就开始点这把火吧

烧吧

1984.4

民间艺人

平原上有三个瞎子
要出远门

红色的手鼓在半夜
突然敲响

并没有死人
并没有埋下枣木拐杖

敲响，敲响
心在最远的地方沉睡

平原上有三个瞎子
要出远门

那天夜里
摸黑吃下高粱饼

1984.11

不要问我那绿色是什么

头发

灌满阳光和大沙

我是荒野上第一根被晒坏的石柱

耕种黑麦

不要问我那绿色是什么

小鸟像几管颜料

粘住我的面颊

树下有一些穿着服装的陌生人

那时我已走过青海湖，影子滑过钢蓝的冰大坂

不要问我那绿色是什么

木筐挑着土

一步迈上秦岭

秦岭，最初的山

仍然在回忆我们，一窝黄黑的小脑袋——孩子啊

不要问我那绿色是什么

我避开所有的道路

最后长成

站在风熏寓言的石墓上

长成

不要问我那绿色是什么

1984.12

黑风

掠过田野的那黑风

那第四次的

口粮和旗帜

就要来了!

聚拢的马群将被劫走

星星将被吹散

他在所有的脚印上覆盖

一种新的草药

遗忘的就要永远被遗忘了

窗子忧伤地关上了

有一两盏橘黄朴素的灯也要熄灭

他们来了

他们是黑色的风

后来他们表达了一种失败的东西

他们留下苦苦创生的胚芽

他们哭了

把所有的人哭醒之后

又走了

走得奇怪

以后所有的早晨都非常奇怪

马儿长久地奔跑，太阳不灭，物质不灭

　　苹果突然熟了

还有一些我们熟悉的将要死去

我们不熟悉的慢慢生根

人们啊，所有交给你的

都异常沉重

你要把泥沙握得紧紧

在收获时应该微笑

没必要痛苦地提起他们

没必要忧伤地记住他们

1984.12

哑脊背

一个穿雨衣的陌生人
来到这座干旱已久的城

（阳光下
他水国的口音很重）

这里的日头直射
人们的脊背

只有夜晚
月亮吸住面孔

月亮也是古诗中
一座旧矿山

只有一个穿雨衣的陌生人
来到这座干旱已久的城

在众人的脊背上

看出了水涨潮，看到了黄河波浪

只有解缆者

又咸又腥

1985

明天醒来我会在哪一只鞋子里

我想我已经够小心翼翼的

我的脚趾正好十个

我的手指正好十个

我生下来时哭几声

我死去时别人又哭

我不声不响地

带来自己这个包袱

尽管我不喜爱自己

但我还是悄悄打开

我在黄昏时坐在地球上

我这样说并不表明晚上

我就不在地球上　早上同样

地球在你屁股下

结结实实

老不死的地球你好

或者我干脆就是树枝

我以前睡在黑暗的壳里

我的脑袋就是我的边疆

就是一颗梨

在我成形之前

我是知冷知热的白花

或者我的脑袋是一只猫

安放在肩膀上

造我的女主人荷月远去

成群的阳光照着大猫小猫

我的呼吸

一直在证明

树叶飘飘

我不能放弃幸福

或相反

我以痛苦为生

埋葬半截

来到村口或山上

我盯住人们死看：

呀，生硬的黄土，人丁兴旺

1985.6.6

月

炊烟上下
月亮是掘井的白猿
月亮是惨笑的河流上的白猿

多少回天上的伤口淌血
白猿流过钟楼
流过南方老人的头顶

掘井的白猿
村庄喂养的白猿
月亮是惨笑的白猿
月亮自己心碎
月亮早已心碎

坐在纸箱上想起疯了的朋友们

旧菊花安全

旧枣花安全

扪摸过的一切

都很安全

地震时天空很安全

伴侣很安全

喝醉酒时酒杯很安全

心很安全

1986.2

海滩上为女士算命

你不用算命

命早就在算你

你举着筷子

你坐在碗沿上

你脱下黑色女靴

就盖住城市的尸体

你裹着布匹

仍然是吃米的老鼠

半截泡在沙滩上

太阳或者钞票上彩色的狗

啃你的脚背

你不用算命

命早就在算你

1986

抱着白虎走过海洋

倾向于宏伟的母亲

抱着白虎走过海洋

陆地上有堂屋五间

一只病床卧于故乡

倾向于故乡的母亲

抱着白虎走过海洋

扶病而出的儿子们

开门望见了血太阳

倾向于太阳的母亲

抱着白虎走过海洋

左边的侍女是生命

右边的侍女是死亡

倾向于死亡的母亲

抱着白虎走过海洋

1986

肉体（之二）

肉体美丽

肉体是树林中

唯一活着的肉体

肉体美丽

肉体，远离其他的财宝

远离其他的神秘兄弟

肉体独自站立

看见了鸟和鱼

肉体睡在河水两岸

雨和森林的新娘

睡在河水两岸

垂着谷子的大地上

太阳和肉体

一升一落，照耀四方

像寂静的

节日的

财宝和村庄

照耀

只有肉体美丽

野花，太阳明亮的女儿

河川和忧愁的妻子

感激肉体来临

感激灵魂有所附丽

（肉体是野花的琴

盖住骨骼的酒杯）

感激我自己沉重的骨骼

也能做梦

肉体是河流的梦

肉体看见了采茴香的人迎着泉水

肉体美丽

肉体是树林中

唯一活着的肉体

死在树林里

迎着墓地

肉体美丽

1986

从六月到十月

六月积水的妇人，囤积月光的妇人

七月的妇人，贩卖棉花的妇人

八月的树下

洗耳朵的妇人

我听见对面窗户里

九月订婚的妇人

订婚的戒指

像口袋里潮湿的小鸡

十月的妇人则在婚礼上

吹熄盘中的火光，一扇扇漆黑的木门

飘落在草原上

1986.6.19

天鹅

夜里，我听见远处天鹅飞越桥梁的声音
我身体里的河水
呼应着她们

当她们飞越生日的泥土、黄昏的泥土
有一只天鹅受伤
其实只有美丽吹动的风才知道
她已受伤。她仍在飞行

而我身体里的河水却很沉重
就像房屋上挂着的门扇一样沉重
当她们飞过一座远方的桥梁
我不能用优美的飞行来呼应她们

当她们像大雪飞过墓地
大雪中却没有路通向我的房门
——身体没有门——只有手指
竖在墓地，如同十根冻伤的蜡烛

在我的泥土上

在生日的泥土上

有一只天鹅受伤

正如民歌手所唱

泪水

最后的山顶树叶渐红

群山似穷孩子的灰马和白马

在十月的最后一夜

倒在血泊中

在十月的最后一夜

穷孩子夜里提灯还家　泪流满面

一切死于中途　在远离故乡的小镇上

在十月的最后一夜

背靠酒馆白墙的那个人

问起家乡的豆子地里埋葬的人

在十月的最后一夜

问起白马和灰马为谁而死……鲜血殷红

他们的主人是否提灯还家

秋天之魂是否陪伴着他

他们是否都是死人

都在阴间的道路上疯狂奔驰

是否此魂替我打开窗户
替我扔出一本破旧的诗集
在十月的最后一夜
我从此不再写你

我感到魅惑

天上的音乐不会是手指所动
手指本是四肢安排的花豆
我的身子是一份甜蜜的田亩

我感到魅惑
我就想在这条魅惑之河上渡过我自己
我的身子上还有拔不出的春天的钉子

我感到魅惑
美丽女儿，一流到底
水儿仍旧从高向低

坐在三条白蛇编成的篮子里
我有三次渡过这条河
我感到流水滑过我的四肢
一只美丽鱼婆做成我缄默的嘴唇

我看见，风中飘过的女人
在水中产下卵来

一片霞光中露出来的长长的卵

我感到魅惑
满脸草绿的牛儿
倒在我那牧场的门厅

我感到魅惑
有一种蜂箱正沿河送来
蜂箱在睡梦中张开许多鼻孔

有一只美丽的鸟面对树枝而坐
我感到魅惑

我感到魅惑
小人儿，既然我们相爱
我们为什么还在河畔拔柳哭泣

1986.9

夜晚　亲爱的朋友

在什么树林，你酒瓶倒倾
你和泪饮酒，在什么树林，把亲人埋葬

在什么河岸，你最寂寞
搬进了空荡的房屋，你最寂寞，点亮灯火

什么季节，你最惆怅
放下了忙乱的箩筐
大地茫茫，河水流淌
是什么人掌灯，把你照亮

哪辆马车，载你而去，奔向远方
奔向远方，你去而不返，是哪辆马车

1987.5.20黄昏

秋

用我们横陈于地的骸骨

在沙滩上写下：青春。然后背起衰老的父亲

时日漫长　方向中断

动物般的恐惧充塞着我们的诗歌

谁的声音能抵达秋之子夜　长久喧响

掩盖我们横陈于地的骸骨——

秋已来临。

没有丝毫的宽恕和温情：秋已来临

1987.8

九寨之星

很久很久的一盏灯

很久很久以前女神点亮的一盏灯

落满岁月尘土的一盏灯

当她面对湖水

女神的镜子中

变成了两盏

那就是你的一双眼睛

柔似湖水　亮如光明

1987.10

秋日黄昏

火焰的顶端

落日的脚下

茫茫黄昏　华美而无上

在秋天的悲哀中成熟

日落大地　大火熊熊　烧红地平线滚滚而来

使人壮烈　使人光荣与寿同在　分割黄昏的灯

百姓一万倍痛感黑夜来临

在心上滚动万寿无疆的言语

时间的尘土　抱着我

在火红的山冈上跳跃

没有谁来应允我

万寿无疆或早夭襁褓

相反的是　这个黄昏无限痛苦

无限漫长　令人痛不欲生

切开血管

落日殷红

愿有情人终成眷属
愿爱情保持一生
或者相反　极为短暂　匆匆熄灭
愿我从此再不提起

再不提起过去
痛苦与幸福
生不带来　死不带去
唯黄昏华美而无上。

1987.9.3草稿
1987.10.4改

八月之杯

八月逝去　山峦清晰

河水平滑起伏

此刻才见天空

天空高过往日

有时我想过

八月之杯中安坐真正的诗人

仰视来去不定的云朵

也许我一辈子也不会将你看清

一只空杯子　装满了我撕碎的诗行

一只空杯子　——可曾听见我的喊叫？！

一只空杯子内的父亲啊

内心的鞭子将我们绑在一起抽打

1987

一滴水中的黑夜

一滴水中的黑夜
一滴泪水中的全部黑夜

一滴无名的泪水
在乡村长大的泪水
飞在乡村的黑夜
山坡上，几棵冬天的草

看见四海龙王　在黄昏之后
举起一片淹没了野鸽子的
漆黑的像黑夜的海水
一样的天空

海水把你推上岸来
一滴水中的黑夜
推到我的怀抱
朝夕相伴，如痴如醉

一滴泪水有她自己的笑容

就像黑夜中闪闪的星星

这些陌生人系好了自己的马

在女王广大的田野和树林

1988.2.11

我飞遍草原的天空

草原上的天空不可阻挡

互相击碎的刀剑飞回家乡

佩在姐妹的脖子上

让乳房裸露，子夜的金银顺河流淌

月亮啊　月亮

把新娘的尸体抬到草原上

一只野花的杯子里　鬼魂千万

"我死在野花杯中　我也是一条命啊"

不可饶恕草原上的鬼魂

不可饶恕杀人的刀枪

不可饶恕埋人的石头

更不可饶恕　天空

我从大海来到落日的正中央

飞遍了天空找不到一块落脚之地

今日有粮食却没有饥饿

今天的粮食飞遍了天空

找不到一只饥饿的腹部
饥饿用粮食喂养
更加饥饿，奄奄一息
草原的天空不可阻挡

今天有家的　必须回家
今天有书的　必须读书
今天有刀的　必须杀人
草原的天空不可阻挡

1988.8.13拉萨

冬天

火的叫声传来

火的叫声微弱

山坡上牛羊拥挤

想起你使我眩晕

*

英雄的猎人

拥着一家酒店

坐在白雪中

心中的黑夜寒冷

1988.2.10故乡

*

在黑夜里为火写诗

在草原上为羊写诗

在北风中为南风写诗

在思念中为你写诗

1988.8.15日喀则

*

夜的中心幽暗

边缘发亮　寒冷

这是　火儿

照亮雪山和马

*

大地薄弱

两端锋利

使中心幽暗

难以分辨

七百年前

七百年前辉煌的王城今天是一座肮脏的小镇

当年我打马进城　手提一袋青稞

当年我用一袋青稞换取十八颗人头

还有九颗，葬在城中，下落不明

在山洞里十二只野兽梦想变成老鹰，齐声哀鸣

这是山顶上最后的山洞梦想着天空

突然有一种感觉，好像还是在又饥又饿地走在路上

在幽暗中我写下我的教义，世界又变得明亮

1988.8.18

桃花开放

秋天的火把断了　是别的花在开放

冬天的火把是梅花

现在是春天的火把

被砍断

悬在空中

寂静的

抽搐四肢

罩住一棵树　树林根深叶茂　花朵悬在空中

零散的抒情小诗像桃树　散放在山丘上

桃花抽搐四肢倒在我身上

桃花开放

从月亮飞出来的马

钉在太阳那轰轰隆隆的春天的本上

1987草稿

1989.3.14改